GUSTAVE FLAUBERT
L'« HOMME-PLUME »

— Entre romantisme et réalisme,
un écrivain atypique

par Clémence Verburgh

50MINUTES

Avec la collaboration de Gauthier De Wulf

GUSTAVE FLAUBERT

- **Naissance ?** Né le 12 décembre 1821 à Rouen.
- **Mort ?** Décédé le 8 mai 1880 à Croisset.
- **Contexte ?** Le XIXe siècle, très mouvementé sur le plan politique, mais aussi littéraire, puisque les courants se succèdent et se rejettent les uns les autres.
- **Œuvres majeures ?**
  - *Madame Bovary* (1857)
  - *Salammbô* (1862)
  - *L'Éducation sentimentale* (1869)
  - *La Tentation de saint Antoine* (1874)
  - *Trois Contes : Un cœur simple, La Légende de saint Julien l'hospitalier, Hérodias* (1877)
  - *Bouvard et Pécuchet* (1881, inachevé et posthume)

Pour ses contemporains, Gustave Flaubert est quelqu'un d'atypique. Se définissant lui-même, dans une lettre à l'écrivaine Louise Colet (1810-1876) datant du 31 janvier 1852, comme un « homme-plume », il est écrivain avant tout. C'est sa seule passion, sa seule raison de vivre, à laquelle il se consacre corps et âme. Pour la littérature, il parcourt le monde entier et étudie minutieusement les sociétés, afin de les faire revivre à travers ses mots. Il élabore par ailleurs une doctrine littéraire toute personnelle : créer le beau grâce au style et non par l'histoire. En homme excentrique, il clame haut et fort son rejet du réalisme et du romantisme. Pourtant, paradoxalement, il en connaît toutes les ficelles et ses œuvres s'inspirent simultanément de ces deux mouvements :

> « Il y a en moi, littérairement parlant, deux bonshommes distincts :
> un qui est épris de gueulades, de lyrisme, de grands vols d'aigle,
> de toutes les sonorités de la phrase et des sommets de l'idée ; un autre
> qui fouille et creuse le vrai tant qu'il peut, qui aime à accuser le petit
> fait aussi puissamment que le grand, qui voudrait vous faire sentir
> presque matériellement les choses qu'il reproduit ; celui-là aime à rire
> et se plaît dans les animalités de l'homme. » (Lettre à Louise Colet,
> le 16 janvier 1852)

Mais qui est-il donc ? Ses contemporains ne le comprennent pas, ni lui, ni ses livres. Il est jugé pour *Madame Bovary* (1857), insulté pour *Salammbô* (1862) et critiqué pour *L'Éducation sentimentale* (1869). Flaubert ne donne les clés de ses œuvres et de leur genèse qu'à quelques privilégiés, à travers la correspondance qu'il entretient avec eux. Pourtant, malgré les blâmes de certains, il est reconnu par beaucoup pour son écriture. C'est qu'il traite intrigues, lieux et personnages avec une plume scientifique et réaliste, tout en leur donnant une grande profondeur psychologique. Aussi se trouve-t-il toujours là où on ne l'attend pas. Ce qu'il crée est à chaque fois si novateur que des écrivains aussi divers que Guy de Maupassant (1850-1893), Marcel Proust (1871-1922) ou encore Jean-Paul Sartre (1905-1980) s'inspireront de lui.

CONTEXTE

UN SIÈCLE MOUVEMENTÉ

1815. Napoléon Ier (1769-1821) est définitivement vaincu à Waterloo. Trois forces politiques s'affrontent alors en France : les ultras, des réactionnaires conservateurs proches des valeurs de l'absolutisme de Louis XIV (1638-1715) ; les défenseurs de la monarchie constitutionnelle, plus modérés ; les libéraux, un mélange hétéroclite d'anciens monarchistes, de bonapartistes et de républicains. Quelques querelles plus tard, Louis XVIII (1755-1824) finit par s'imposer, marquant le retour de la monarchie : il s'agit de la Restauration (1814-1830). Le souverain instaure une politique qui défend à la fois la liberté et l'égalité. Mais son successeur, Charles X (1757-1836), revient sur ces acquis et commet plusieurs erreurs : il suspend notamment la liberté de la presse et dissout la Chambre, devenant seul maître à bord. La réaction du peuple est immédiate. Les 27, 28 et 29 juillet 1830 – journées que la postérité connaît sous le nom des Trois Glorieuses –, les barricades s'élèvent dans Paris et Charles X est renversé.

Louis-Philippe Ier (1773-1850), duc d'Orléans, devient alors roi des Français sous la monarchie de Juillet. Les années 1830 sont plus prospères : elles riment avec stabilité politique, rénovation des structures, libéralisme économique et enrichissement de la bourgeoisie. Toutefois, le répit est de courte durée. Le 22 février 1848, suite à une importante crise économique, le peuple s'insurge à nouveau. Flaubert se trouve justement à Paris à cette époque. En témoin détaché et pessimiste, il ne perd aucun détail de la révolution et raconte d'ailleurs cet épisode dans *L'Éducation sentimentale*.

Après de nouvelles élections en décembre 1848, Louis-Napoléon Bonaparte (1808-1873), le neveu de Napoléon Ier, prend la tête de la Deuxième République jusqu'en décembre 1851, date à laquelle il réalise un coup d'État. Il se fait alors sacrer empereur et restaure l'Empire jusqu'en 1870 sous le nom de Napoléon III. Ambitieux, il modernise le pays en profondeur, l'engage dans la voie du capitalisme et mène une vaste politique de conquête. Mais la gloire napoléonienne prend fin en 1870 suite à l'échec de la France lors de la guerre franco-prussienne. L'empereur capitule à Sedan le 2 septembre et, deux jours plus tard, la Troisième République, qui perdurera jusqu'à la Première Guerre mondiale (1914-1918), est proclamée, malgré un contexte particulièrement houleux. Le 18 mars 1871, le peuple, mécontent de la défaite, tente une dernière fois de renverser le pouvoir en place : il s'agit de la Commune, réprimée dans le sang.

UNE LITTÉRATURE DE CONTESTATION

Parallèlement, le XIXe siècle voit se succéder plusieurs mouvements artistiques et littéraires. C'est tout d'abord le romantisme, avec son ouverture aux sentiments en réaction au culte de la raison du siècle précédent, qui s'impose sur la scène littéraire. Inspirés par le romantisme allemand, les écrivains français érigent l'émotion en valeur absolue et s'épanchent longuement sur leurs tourments personnels. Marqués par les nombreux soubresauts politiques, ils peinent à trouver leur place dans la société et souffrent de ce qu'on appelle le mal du siècle, une sorte de mélancolie historique qui trouve sa source dans l'impression que les grandes actions appartiennent désormais au passé et que l'avenir ne leur réserve rien. Mais le romantisme, c'est aussi un puissant désir de liberté. Lassés du classicisme et de sa rigidité, les auteurs romantiques entendent insuffler un vent nouveau dans la littérature. Le théâtre, plus particulièrement, est le lieu d'un véritable combat entre les partisans des codes classiques et les défenseurs du drame romantique libéré des contraintes de vraisemblance. La querelle atteint son point culminant lors de la représentation d'*Hernani* (1830) de Victor Hugo (1802-1885). La prédominance du romantisme demeurera jusqu'en 1850.

Au milieu du xixᵉ siècle, face aux excès de sentimentalisme des romantiques, l'école poétique du Parnasse entend rendre toute son importance au style. Son chef de file, Théophile Gautier (1811-1872), prône l'art pour l'art : seule compte la forme. Les Parnassiens rejettent l'idée selon laquelle l'écriture serait un talent inné, défendent la valeur du travail et recherchent inlassablement le Beau.

Tout comme le Parnasse, le courant réaliste ne supporte plus le narcissisme des personnages romantiques. Si les premières réactions ont lieu dès 1830, comme c'est le cas pour Honoré de Balzac (1799-1850), considéré comme le chef de file du mouvement, celui-ci connaît son apogée vers 1850 et dans la seconde moitié du xixᵉ siècle grâce à Flaubert, reconnu comme l'un des maîtres du réalisme. Pour lui, c'est un comble, car il l'a en horreur ! Son but ultime n'est pas de raconter le réel, mais bien d'écrire « un livre sur rien » :

> « Ce qui me semble beau, ce que je voudrais faire, c'est un livre sur rien, un livre sans attache extérieure, qui se tiendrait de lui-même par la force interne de son style [...], un livre qui n'aurait presque pas de sujet ou du moins où le sujet serait presque invisible, si cela se peut. Les œuvres les plus belles sont celles où il y a le moins de matière. [...] » (Lettre à Louise Colet, le 16 janvier 1852)

Or les auteurs réalistes, influencés par le progrès des sciences humaines, cherchent à dépeindre le réel le plus fidèlement possible. Point d'idéalisation : ils représentent la société telle qu'elle est, avec ses iniquités, sa beauté et sa laideur, faisant de leurs livres de véritables miroirs du réel. Dans les années 1870-1880, cette recherche d'exactitude sera poussée à l'extrême par les naturalistes, à la tête desquels se trouve Émile Zola (1840-1902), qui s'inspire de la méthode expérimentale pour composer ses œuvres.

BIOGRAPHIE

LE TEMPS DE L'ENFANCE

Issu d'une famille bourgeoise normande, Gustave Flaubert naît le 12 décembre 1821 à Rouen. Son père, Achille-Cléophas Flaubert (1784-1846), est le chirurgien en chef de l'hôpital de la ville tandis que sa mère, Anne-Justine Fleuriot (1793-1872), serait, d'après la rumeur, d'origine aristocratique. Gustave Flaubert a un frère, Achille, de huit ans son aîné, avec qui il aura des relations compliquées. En revanche, il entretient des liens très étroits avec sa sœur, Caroline, née en 1824.

En 1832, Flaubert entre au collège de Rouen, où il se passionne immédiatement pour la littérature et rédige ses premiers textes. Ses années de collégien voient naître son amitié pour le poète Louis-Hyacinthe Bouilhet (1822-1869), à qui il dédiera *Madame Bovary*. Mais c'est aussi le temps des premiers émois amoureux. À 15 ans, durant les vacances d'été à Trouville, le jeune écrivain a le coup de foudre pour Élisa Schlésinger (1810-1888), mariée à un éditeur. Un premier amour impossible qu'il n'oubliera jamais. Flaubert s'inspire d'ailleurs directement d'elle lorsqu'il crée le personnage de Marie Arnoux dans *L'Éducation sentimentale*.

VIVRE D'ÉCRITURE

Renvoyé du collège pour indiscipline en 1839, il obtient finalement son baccalauréat l'année suivante, puis, en 1841, entame des études de droit à la faculté de Paris, mais sans entrain ni certitude. Il profite de son temps libre pour s'adonner à l'écriture et aux plaisirs nocturnes de la capitale.

Ayant raté son examen de deuxième année, il arrête définitivement son cursus en 1844, également en raison d'une grave crise d'épilepsie qui l'oblige à s'installer dans la propriété familiale à Croisset. Plusieurs autres crises suivront jusqu'en 1949, avant de s'espacer. Sa famille le considérant désormais comme un malade, il peut se dédier entièrement à l'écriture. Son confort matériel est par ailleurs assuré grâce à l'héritage de son père, qui meurt en 1846, suivi de près par sa sœur. Fort affecté, Flaubert veille sur la fille de cette dernière, prénommée elle aussi Caroline.

La même année, il retourne à Paris pour voir ses amis. Lors d'une soirée, il rencontre Louise Colet, qui sera sa maîtresse jusqu'en 1855 et avec qui il entretiendra essentiellement une relation épistolaire. Dans ses lettres, Flaubert aime lui raconter la genèse de ses textes.

UN PARFUM DE SCANDALE

En 1849, il part en Orient avec un ami d'enfance, l'écrivain et photographe Maxime Du Camp (1822-1894), pour un voyage de deux ans. Ils visitent notamment l'Égypte, la Palestine, la Grèce et l'Italie. Flaubert est fasciné par l'érotisme oriental : il côtoie les prostituées et attrape même la vérole. Entre-temps, il achève son premier grand texte, *La Tentation de saint Antoine* (1874), qu'il fait lire à ses amis proches. Ceux-ci trouvent que l'œuvre déborde de lyrisme romantique et incitent l'écrivain à revenir à des sujets plus banals.

Écoutant leurs conseils, il choisit un fait divers comme point de départ de son prochain roman, *Madame Bovary*, qu'il achève en 1856 et fait paraître en feuilleton dans *La Revue de Paris* la même année. Certaines scènes sulfureuses ayant échappé à la censure du journal, l'œuvre crée un véritable scandale. Flaubert, accusé d'outrage aux bonnes mœurs et à la religion, doit s'expliquer devant la justice en 1857.

Grâce à ses relations et à un excellent avocat, il est acquitté. *Madame Bovary* paraît en roman la même année et remporte un énorme succès auprès du public.

D'ÉCHEC EN ÉCHEC

Flaubert se lance ensuite dans la rédaction d'un ambitieux roman historique, *Salammbô*. Ses recherches documentaires le mènent en Algérie et en Tunisie, et son livre est publié en 1862. Le succès est là, mais le public est moins enthousiaste. Suit ensuite une brève parenthèse mondaine et littéraire à Paris, au cours de laquelle il côtoie George Sand (1804-1876), Charles Baudelaire (1821-1867) ou encore Edmond (1822-1896) et Jules (1830-1870) de Goncourt.

En 1864, il reprend l'écriture de *L'Éducation sentimentale*, entamée en 1843. La version définitive est publiée en 1869, mais elle est mal reçue, à la fois par le public et par la critique, qui la trouvent tous deux bien inférieure à *Madame Bovary*. Flaubert tente alors de reconquérir les lecteurs en publiant *La Tentation de saint Antoine* en 1874. Hélas, c'est un nouvel échec. Face à l'incompréhension du public, il se renferme de plus en plus à Croisset, où il vit en solitaire au milieu de ses livres. Affecté par de nombreux décès dans son entourage, il souffre également de crises d'épilepsie de plus en plus fréquentes et, pour couronner le tout, connaît de gros problèmes d'argent qui l'amènent à faire des emprunts et à vendre certains de ses biens. Sa situation devenant de plus en plus précaire, il est obligé d'abandonner en 1875 un nouveau projet, *Bouvard et Pécuchet*, qu'il reprend toutefois en 1877 et qui sera publié de façon posthume. La même année, il fait paraître le volume des *Trois Contes*.

Le 8 mai 1880, Flaubert est pris d'un malaise alors qu'il prend son bain. Il demande à sa servante, Suzanne, d'aller chercher un médecin. Lorsqu'elle revient accompagnée du Dr Tourneux, l'écrivain meurt d'une attaque cérébrale.

CARACTÉRISTIQUES

Flaubert a consacré toute sa vie à l'écriture, d'où le surnom d'homme-plume qu'il s'attribue lui-même. « Je sens par elle, à cause d'elle, par rapport à elle et beaucoup plus avec elle », dit-il (« L'écrivain à sa table de travail », in FLAUBERT (Gustave), *Madame Bovary*, Paris, Gallimard, 2004). Au fur et à mesure qu'il crée s'élabore une véritable doctrine littéraire promouvant le travail, le style et la recherche du beau.

ENTRE ROMANTISME ET RÉALISME

Le projet littéraire de Flaubert est entièrement monté contre le romantisme. Pour le contrecarrer, il reproduit dans ses textes certaines de ses caractéristiques sous forme parodique, entre autres le lyrisme amoureux et le sentimentalisme, dont il exagère les traits. Dans *Madame Bovary*, Emma, en parlant de ses lectures, énumère la plupart des clichés romantiques raillés par l'écrivain :

> « Ce n'étaient qu'amours, amants, amantes, dames persécutées s'évanouissant dans des pavillons solitaires, postillons qu'on tue à tous les relais, chevaux qu'on crève à toutes les pages, forêts sombres, troubles du cœur, serments, sanglots, larmes et baisers, nacelles au clair de lune, rossignols dans les bosquets, messieurs braves comme des lions, doux comme des agneaux, vertueux comme on ne l'est pas, toujours bien mis, et qui pleurent comme des urnes. » (*Madame Bovary*, Paris, Le Livre de poche, 1999, p. 100)

Flaubert fait par ailleurs des allusions directes aux œuvres de François-René de Chateaubriand (1768-1848) et d'Alphonse de Lamartine (1790-1869), et montre très clairement que ce sont les lectures romantiques d'Emma qui sont à l'origine de tous ses malheurs. Pourtant, malgré la véritable haine qu'il voue au mouvement romantique, il confie dans sa correspondance qu'il se définit comme un romantique. Et, bien que cette déclaration soit profondément paradoxale, il voit juste ! Romantique, il l'est en raison de la large place qu'il accorde à la subjectivité de ses personnages, une caractéristique qui se constate surtout dans *Madame Bovary*. À de nombreuses reprises, Flaubert donne accès aux pensées d'Emma, notamment lors du bal de la Vaubyessard ou encore lorsque l'héroïne observe la campagne en pensant au suicide. Le lecteur accompagne l'héroïne dans ses bonheurs comme dans ses déceptions, et ressent toute la détresse qui l'amène finalement à se donner la mort. En somme, Flaubert rejette dans le romantisme la transformation de chaque sentiment en mièvrerie exaltée, tout en étant fasciné par ce courant. Peut-être parce que le sentimentalisme est inscrit dans son être profond.

Son rapport avec le réalisme est tout aussi ambivalent. Il reprend également sous forme parodique certains éléments typiquement réalistes, tels que les clichés des conversations bourgeoises et l'érudition des discours scientifiques. Mais, en même temps, il se veut plus réaliste que Balzac lui-même. Tandis que ce dernier raconte le réel tout en construisant des personnages aux destinées extraordinaires et des intrigues à multiples rebondissements, Flaubert, s'inspirant de faits réels, met en scène des personnages on ne peut plus vraisemblables, qui incarnent souvent un pan particulier de la société. Il nous livre ainsi une reconstitution particulièrement fidèle de la réalité sociale, raison pour laquelle il est reconnu par ses pairs comme le maître du réalisme.

LE STYLE AVANT TOUT !

Si Flaubert est considéré comme un auteur réaliste, l'esthétique qu'il défend n'a cependant rien à voir avec le réalisme. Il recherche avant tout la perfection stylistique et, par-dessus tout, la beauté du mot : « Je tâche de bien penser pour bien écrire ; mais c'est bien écrire qui est mon but, je ne le cache pas. » (Lettre à George Sand, décembre 1875) Voilà pourquoi son plus grand désir est d'écrire un livre sur rien. Pour arriver à un tel résultat, un seul moyen : le travail. En effet, Flaubert ne croit pas au talent inné de l'écrivain. À Croisset, il vit en ermite et est tout entier concentré sur le texte qu'il rédige, repassant plusieurs fois sur ses écrits, parfois pour ne changer qu'un seul mot. En virtuose acharné, il accorde beaucoup d'importance aux jeux de style et soigne chaque description. Sa dévotion au travail est sans limites : il aurait déjà corrigé douze fois un même passage !

« Quelle chienne que la prose ! Ça n'est jamais fini ; il y a toujours à refaire. Je crois pourtant qu'on peut lui donner la consistance du vers. Une bonne phrase en prose doit être comme un bon vers, inchangeable, aussi rythmée, aussi sonore. Voilà du moins une ambition (il y a une chose dont je suis sûr, c'est que personne n'a jamais eu en tête un type de prose plus parfait que moi ; mais quant à l'exécution, que de faiblesses, mon Dieu !). » (Lettre à Louise Colet, le 22 juillet 1852)

Page du manuscrit définitif de *Madame Bovary*.

Extrait du manuscrit de *Madame Bovary*, 1857.

Avant de se consacrer à l'écriture en elle-même, Flaubert choisit un sujet à traiter. À partir de là, il élabore un scénario sous forme de plan, qui reprend les éléments principaux de l'intrigue. Ensuite, il complète, étoffe et brode. Le scénario de départ devient au fur et à mesure un roman très long et volumineux que l'écrivain réduit ensuite jusqu'à parvenir à la version finale. Flaubert supprime en effet tout ce qui est disharmonieux, trop cliché ou sans effet. Bref, chaque mot est passé au peigne fin. Enfin, et c'est peut-être l'étape la plus pénible pour lui, il se prête au jeu du « gueuloir », selon sa propre expression. Il lit son texte à un public d'amis pour recueillir leurs impressions, ce qui donne lieu à de nouvelles et ultimes corrections.

Si Flaubert perfectionne inlassablement son style, il travaille également beaucoup la focalisation de ses textes, qu'il choisit interne, contrairement à l'habitude réaliste qui veut que le narrateur soit omniscient. Il refuse en effet l'intrusion de ce dernier dans le récit, considérant que « l'artiste, dans son œuvre, doit être comme Dieu dans l'univers, présent partout, et visible nulle part » (« L'écrivain à sa table de travail », in FLAUBERT (Gustave), *Madame Bovary*, Paris, Gallimard, 2004). Il utilise par ailleurs fréquemment le style indirect libre qui constituera même un des motifs pour lesquels il sera traîné devant les tribunaux – le procureur impérial Ernest Pinard (1822-1909) lui reprochera notamment les propos d'Emma sur l'adultère et la non-intervention de l'écrivain pour condamner ses paroles immorales. Le recours à ce type de discours, à cheval entre style direct et style indirect, lui permet d'entrer dans la tête de ses personnages sans devoir préciser si les paroles rapportées sont seulement pensées ou véritablement prononcées :

> « N'importe ! elle n'était pas heureuse, ne l'avait jamais été. D'où venait donc cette insuffisance de la vie, cette pourriture instantanée des choses où elle s'appuyait ?... Mais, s'il y avait quelque part un être fort et beau, une nature valeureuse, pleine à la fois d'exaltation et de raffinements, un cœur de poète sous une forme d'ange, lyre aux

Enfin, notons que Flaubert s'attache aussi à décrire de manière réaliste et directe les corps des personnages. Il s'agit d'une véritable
nouveauté en littérature. Le corps, jusque-là, était peu décrit ;
on privilégiait plutôt le visage. À partir de Balzac, il devient un
reflet de la personnalité, mais il reste idéalisé, en écho à l'esthétique romantique. Ce n'est qu'avec Flaubert qu'il est présenté tel
qu'il est naturellement.

MADAME BOVARY

Madame Bovary. Mœurs de province paraît en feuilleton à partir de mai 1856 dans *La Revue de Paris*, puis en volume en avril 1857. Il a fallu cinq ans pour que Flaubert termine son roman. Sur les conseils de ses amis, il s'est inspiré d'un fait divers : l'affaire Delamare. Delphine, une jeune fille dépensière et volage mariée à Eugène, un officier de santé, s'est endettée à outrance avant de s'empoisonner, suivie par son mari et laissant une petite fille orpheline.

Madame Bovary raconte l'histoire d'Emma Rouault, la fille d'un riche fermier élevée dans un couvent, passionnée par la lecture. Mariée à Charles Bovary, un médecin de village sans ambition, elle espère avoir une vie identique à celle décrite dans les livres. Mais très vite, la médiocrité de son époux et la monotonie de leur quotidien la plongent dans un profond désespoir. S'inspirant de ses lectures, elle entame une relation passionnée avec Rodolphe, son voisin, puis avec Léon, un clerc de notaire du village. À la passion succéderont à chaque fois l'ennui et la déception. Criblée de dettes et déprimée, Emma finit par se suicider à l'arsenic. Quant à Charles Bovary, accablé par la mort de sa femme, il meurt de chagrin et seule subsiste Berthe, leur fille.

Dès la parution de l'œuvre, Flaubert, ses éditeurs et son imprimeur sont accusés d'outrage à la religion et à la morale publique. Ils doivent comparaître devant la Cour de justice. On reproche à l'auteur de s'être montré trop réaliste, notamment en ce qui concerne la sexualité et l'adultère. Parmi les multiples extraits ayant créé le scandale, le procureur impérial Ernest Pinard évoque la célèbre scène du fiacre, que Maxime Du Camp avait d'ailleurs voulu supprimer du roman. Celle-ci décrit le parcours d'un fiacre dans lequel se trouvent Emma et Léon. Bien qu'il n'y ait pas l'ombre d'un doute sur ce que font les deux personnages, Flaubert ne livre toutefois aucune description sexuelle, précisant juste qu'« une main nue passa sous les petits rideaux de toile jaune, et jeta des déchirures de papier qui se dispersèrent au vent, et s'abattirent plus loin, comme des papillons blancs, sur un champ de trèfles rouges tout en fleurs » (*Madame Bovary*, *Ibid.*, p. 373). Heureusement, l'excellente plaidoirie de son avocat joue en sa faveur et l'auteur est acquitté. Suite au procès, l'œuvre connaît un succès considérable, au point que le terme « bovarysme » entre dans le vocabulaire commun pour désigner le comportement d'une femme insatisfaite qui se laisse entraîner vers des rêveries compensatoires. Aussi de nombreuses adaptations cinématographiques du roman ont-elles vu le jour, dont celle de Jean Renoir (1894-1979) en 1933, celle de Claude Chabrol (1930-2010) en 1991 ou, plus récemment, celle de Sophie Barthes en 2014. Citons aussi le roman graphique de Posy Simmonds (née en 1945) *Gemma Bovery*, librement inspiré de *Madame Bovary*, ainsi que son adaptation cinématographique par Anne Fontaine (née en 1959) en 2014.

Indépendamment du bruit que l'œuvre suscite, *Madame Bovary* est surtout l'occasion pour Flaubert de mettre en place une intrigue anti-romanesque et de composer un roman tout entier voué à la prouesse stylistique. L'auteur ne raconte en effet que des événements banals, se focalisant sur la médiocrité du quotidien et écartant dès lors toute action héroïque. Il excelle d'ailleurs dans la description du temps qui passe, de ces moments creux où rien ne se produit, sinon des choses très ordinaires. Quant à son héroïne, Emma, Flaubert en fait une caricature des personnages romantiques : il nous dépeint une jeune femme en quête de passion amoureuse et nostalgique de la vie telle qu'elle est présentée dans les livres. Si elle-même se considère comme une héroïne romantique, elle doit néanmoins sans cesse se confronter à la dure réalité. En faisant du désir d'Emma un désir médiatisé, puisqu'il est induit par ses lectures, Flaubert se moque du désir amoureux qui est, chez les romantiques, spontané et intuitif. Dans *Madame Bovary*, le désir est avant tout littéraire : « Emma cherchait à savoir ce que l'on entendait au juste dans la vie par les mots de *félicité*, de *passion* et d'*ivresse*, qui lui avaient paru si beaux dans les livres. » (*Ibid.*, p. 96) Il s'agit là, en quelque sorte, d'un aveu autobiographique. Des rumeurs rapportent d'ailleurs que Flaubert aurait avoué un jour le parallèle : « Madame Bovary, c'est moi ! » Ces propos restés célèbres doivent toutefois être considérés avec prudence : rien ne prouve que ces mots proviennent directement de l'écrivain.

SALAMMBÔ

Suite au scandale suscité par *Madame Bovary*, Flaubert souhaite prendre du recul par rapport au monde contemporain et se lance dans l'écriture d'un roman historique, ou plutôt d'une gigantesque fresque antique. Pour se démarquer des autres, il aborde une contrée inconnue : Carthage.

Salammbô rapporte le conflit qui oppose les Carthaginois à leurs mercenaires après la victoire de la première guerre punique (264-241 av. J.-C.). Mathô, l'un des mercenaires, s'éprend de Salammbô, la fille d'Hamilcar, le général carthaginois. Pour l'approcher, il pénètre dans sa chambre et vole le zaïmph, le voile sacré de la déesse de la ville. Salammbô se rend alors dans le camp ennemi pour le récupérer et passe la nuit avec Mathô. Après une lutte sans merci entre les belligérants, les mercenaires sont décimés, sauf Mathô, qui est livré aux Carthaginois et tué. Salammbô, face à la torture infligée à l'homme qui a osé braver un dieu pour l'aborder, meurt à son tour.

Flaubert, fidèle à lui-même, réunit une importante documentation pour construire le scénario de son roman, s'inspirant notamment du récit rapporté par l'historien grec Polybe (200-120 av. J.-C.), et va jusqu'à se rendre sur les lieux de l'intrigue, en Algérie et en Tunisie. Ainsi, même lorsqu'il s'intéresse à un passé lointain, il cherche à être le plus près possible du réel, tout en profitant du manque d'information pour laisser libre cours à son imagination. Il entame la rédaction de *Salammbô* dès 1857, après son procès, et publie son roman en 1862. Grâce au succès de *Madame Bovary*, le public s'empresse d'acquérir l'ouvrage. Mais la réception est mauvaise : comme l'explique Flaubert lui-même, « l'histoire embête les bourgeois, irrite les archéologues, est inintelligible pour les femmes, choque les cœurs et [l]e fait passer pour un pédéraste et un anthropophage » (Lettre à Ernest Feydeau, le 17 août 1861). En réalité, le projet est mal compris. Flaubert voulait seulement écrire un livre qui se situe là où on ne l'attendait pas, c'est-à-dire loin du monde contemporain et du réalisme.

Il est vrai que l'écrivain aborde des thèmes qui peuvent heurter : cannibalisme entre mercenaires coincés au fond d'un trou, enfants carthaginois sacrifiés au Dieu, lynchage de Mathô par la foule, zoophilie de Salammbô avec son serpent, etc. Selon certains, influencé par la lecture des œuvres interdites du marquis de Sade (1740-1814), Flaubert aurait ici dévoilé son goût pour la violence et pour le sexe. Mais d'autres estiment que l'auteur, obsédé par l'exactitude documentaire, a simplement essayé de ressusciter un monde inconnu avec le plus de fidélité possible.

Passionné par l'Orient, Flaubert en propose dans son œuvre une double vision : d'une part, il évoque sa violence et sa barbarie, par opposition à l'Occident, qui incarne la raison ; d'autre part, l'Orient est synonyme de sensualité et d'exotisme. Tandis que la sauvagerie est l'apanage des mercenaires capables de se manger entre eux pour survivre, la sensualité et l'exotisme sont du côté des Carthaginois, même s'ils sont eux aussi capables de crucifier des prisonniers ou de sacrifier des enfants. Dans ce cadre exotique et sensuel, Salammbô représente la femme orientale par excellence, belle et très sexualisée, capable de répondre à tous les fantasmes masculins. Flaubert a particulièrement soigné la scène durant laquelle l'héroïne est caressée par son serpent, dont le bout de la queue bat ses cuisses :

> « Salammbô l'enroula autour de ses flancs, sous ses bras, entre ses genoux ; puis le prenant à la mâchoire, elle approcha cette petite gueule triangulaire jusqu'au bord de ses dents et, en fermant à demi les yeux, elle se renversait sous les rayons de la lune. La blanche lumière semblait l'envelopper d'un brouillard d'argent, la forme de ses pas humides brillait sur les dalles, des étoiles palpitaient dans la profondeur de l'eau ; il serrait contre elle ses noirs anneaux tigrés de plaques d'or. Salammbô haletait sous ce poids trop lourd, ses reins pliaient, elle se sentait mourir ; et du bout de sa queue il lui battait la cuisse tout doucement ; puis la musique se taisant, il retomba. » (*Salammbô*, Paris, Gallimard, 2005, chapitre 10)

Cette excentricité lui a valu l'incompréhension et les critiques de ses contemporains, dont celle de Sainte-Beuve (1804-1869).

Mucha (Alphonse), *Salammbô*, 1896, lithographie, collection privée.

L'ÉDUCATION SENTIMENTALE

En octobre 1862, Flaubert n'a pas encore terminé de pointer les corrections à effectuer sur les épreuves de *Salammbô* qu'il rêve déjà à un nouveau roman. *L'Éducation sentimentale. Histoire d'un jeune homme* paraît en 1869. La version qu'il rend publique est tout à fait différente de ses premières ébauches, aussi bien en ce qui concerne le style que du point de vue de la forme, qu'il avait initialement voulue épistolaire.

Le roman raconte la vie de Frédéric Moreau, un jeune provincial qui rêve de faire carrière à Paris. Lors d'un voyage chez son oncle, il tombe éperdument amoureux de Marie Arnoux, une femme et une mère accomplie, et consacre dès lors toute sa vie à la séduire, en vain. Même les autres femmes qui partagent son quotidien ne parviennent pas à le détourner de son objectif. Parallèlement, Frédéric retrouve des camarades et participe à la révolution de 1848. Mais tous les projets qu'il entame, qu'ils soient littéraires, sentimentaux ou politiques, restent inachevés, car il ne peut s'empêcher de voler sans cesse au secours de l'élue de son cœur. Sa vie ne sera en fait qu'une série de désillusions. Même Marie, vieillie, le quitte après s'être finalement rendu compte qu'elle l'aimait.

À sa sortie, *L'Éducation sentimentale* est mal accueillie par la critique qui juge qu'il ne s'agit que d'une pâle copie de *Madame Bovary*. Parmi les plus virulentes se trouve celle de Barbey d'Aurevilly (1808-1889) qui affirme que le livre n'est qu'« une flânerie dans l'insignifiant, le vulgaire et l'abject », et que Flaubert n'est qu'un « faiseur de bric-à-brac » (« Variétés littéraires. *L'Éducation sentimentale. Histoire d'un jeune homme* par M. Gustave Flaubert (Chez Michel Lévy) », in *Le Constitutionnel*, le 29 novembre 1869). Pourtant, Flaubert semble avoir écouté ses contemporains. Après *Salammbô*, le voilà de retour avec un sujet de son temps.

En plusieurs points, *L'Éducation sentimentale* est un pendant de *Madame Bovary*. Frédéric, à l'instar d'Emma, est un héros romantique, à la fois beau et nostalgique, bercé par ses rêves et par ses illusions au point qu'il passe à côté de sa propre vie affective et professionnelle. L'œuvre se conclut d'ailleurs sur l'aveu mélancolique du personnage, qui reconnaît que les meilleurs moments de sa vie sont ceux de son adolescence. Il apparaît aussi comme le représentant de toute une jeunesse désabusée face aux événements sanglants du XIXe siècle. Cela ne l'empêche toutefois pas d'être très ambitieux : il décide d'être d'abord un écrivain aussi célèbre que Walter Scott, puis un peintre renommé. Mais Frédéric est loin de se limiter à ces quelques traits romantiques. Flaubert fait aussi de son personnage un être passif qui apparaît dès lors comme un exemple parfait d'antihéros. Animé de nombreux projets, le jeune homme n'entreprend pourtant pas grand-chose et ne parvient pas à faire de ses rêves une réalité. Il subit chaque moment de sa vie, qui n'est par conséquent qu'une succession d'échecs et de désillusions dans lesquelles, paradoxalement, il semble se complaire. Cette impression est encore renforcée par l'utilisation de l'imparfait et par de longues phrases qui donnent un effet de lenteur. De même, les très nombreuses descriptions – qui expliquent également l'insuccès de l'œuvre lors de sa publication –, foisonnant de détails anodins et prenant indéniablement le pas sur l'action, font également écho à l'immobilisme du personnage.

Aussi, dans *L'Éducation sentimentale*, Flaubert, une fois de plus, montre-t-il son aptitude à peindre les mœurs de son temps de manière profondément réaliste. Il rejette les destinées exception-nelles pour retracer des vies banales et s'applique à donner à chacun de ses personnages un caractère représentatif d'un pan de la société : l'artiste entretenue, la femme mariée idéalisée, le bourgeois, l'amante sensuelle, le politicien, etc. Le sociologue Pierre Bourdieu (1930-2002) qualifie même l'œuvre de « véritable étude sociologique ». Pour par-venir à ce résultat, l'écrivain s'inspire en réalité de sa propre vie et des personnes qu'il côtoie. Ainsi, Marie Arnoux renvoie à Élisa Schlésinger, Jacques Arnoux à Maurice Schlésinger (1798-1871) et Mᵐᵉ Dambreuse à Mᵐᵉ Delessert (1806-1894), la maîtresse de Du Camp et de Prosper Mérimée (1803-1870). Pour beaucoup, Frédéric ressemble à Flaubert lui-même : il vit une passion impossible, suit des études de droit sans grande motivation, se partage entre Paris et la province, entretient une relation privilégiée avec sa mère, etc. Il y aurait donc, selon certains, une part biographique dans cette œuvre, même si rien n'est avéré.

Enfin, notons encore que, dans *L'Éducation sentimentale*, c'est une plume assurée qui se livre à nouveau à la recherche du beau. Si tous les traits stylistiques présents dans *Madame Bovary* se retrouvent dans ce roman, Flaubert a en outre gagné en maturité. Sa maîtrise, quoi qu'en dise la critique, est ici totale.

GUSTAVE FLAUBERT, UNE SOURCE D'INSPIRATION

Non seulement Gustave Flaubert est la source d'inspiration d'un grand nombre d'écrivains, mais, plus encore, il révolutionne la littérature et lui fait prendre un nouveau tournant. Il parvient à démontrer qu'un livre peut être anti-romanesque et se consacrer entièrement à la beauté du style. Les auteurs qui lui succèdent relaient cette quête, jusqu'à ne plus considérer que le style pour certains. Ainsi, au milieu du XXᵉ siècle, le Nouveau Roman efface même toute trace d'histoire.

LE NOUVEAU ROMAN

Le Nouveau Roman voit le jour au milieu du XXᵉ siècle et témoigne d'un bouleversement du rapport au réel, notamment en réaction aux atrocités de la Seconde Guerre mondiale (1939-1945). Les écrivains de ce mouvement, parmi lesquels Nathalie Sarraute (1900-1999), Claude Simon (1913-2005), Alain Robbe-Grillet (1922-2008) et Michel Butor (né en 1926), s'opposent au roman de type balzacien avec des œuvres clairement anti-romanesques qui ne présentent pas d'intrigue, dont les personnages sont dépourvus de psychologie et dans lesquelles la temporalité est éclatée.

Sa mère étant une amie d'enfance de Flaubert, Guy de Maupassant entame une correspondance avec son aîné dès la fin des années 1870, et devient même son disciple et son élève. Lorsqu'il commence à son tour à écrire, l'écrivain lui rature des pages entières et l'empêche de publier tant que son œuvre n'est pas parfaite. Grâce à lui, Maupassant apprend à écrire sans redondance et à forger son propre style.

C'est également grâce à Flaubert qu'un autre grand nom de la littérature française, Marcel Proust, découvre l'importance du style. Cette révélation lui donne l'envie d'écrire des pastiches, dont un est intitulé *Mondanités et Mélomanie de Bouvard et Pécuchet* (1896). Ainsi, ce dernier commence sa carrière en imitant son aîné, avant de devenir autonome et de trouver sa propre voie stylistique. Mais il n'est pas le seul : Vladimir Nabokov (1899-1977) s'amuse lui aussi à reproduire l'écriture de Flaubert dans son chef-d'œuvre, *Lolita* (1955). Pour lui, *Madame Bovary* est « la perle jamais égalée de la littérature française ». L'auteur s'inspire par ailleurs d'Emma Bovary pour créer sa propre héroïne féminine. Comme Flaubert, il place la sensualité de Lolita au cœur de l'histoire, et certains passages font d'ailleurs directement référence à l'œuvre de Flaubert, pour lui rendre hommage.

Enfin, Jean-Paul Sartre fait de Flaubert un objet d'étude à part entière : il y fait plusieurs fois référence dans *L'Être et le Néant* (1943) et lui consacre même un livre entier, *L'Idiot de la famille* (1971-1972). Flaubert l'intéresse essentiellement dans la mesure où son idéal formel et son désengagement politique sont à l'opposé des conceptions de Sartre. Quoi qu'il en soit, il est en tout cas certain que Flaubert, à la fois contesté et admiré de son vivant, est aujourd'hui unanimement considéré comme l'un des plus grands écrivains français du XIXe siècle.

EN RÉSUMÉ

- Gustave Flaubert est un écrivain ambivalent : tout en rejetant le romantisme et le réalisme, il en connaît pourtant toutes les ficelles, et ses œuvres s'inspirent simultanément de ces deux mouvements.

- Plus précisément, Flaubert entend, dans ses œuvres, contrecarrer le romantisme en reproduisant certaines de ses caractéristiques sous forme parodique. Mais cela ne l'empêche pas d'être fasciné par le sentimentalisme romantique et de faire de ses personnages des héros typiquement romantiques.

- Son rapport avec le réalisme est tout aussi ambivalent. Tout en parodiant certains éléments réalistes, il se veut plus réaliste que Balzac lui-même ! Pour cela, Flaubert s'inspire de faits réels et met en scène des personnages on ne peut plus vraisemblables, qui incarnent souvent un pan particulier de la société. Il nous livre ainsi une reconstitution particulièrement fidèle de la réalité sociale, raison pour laquelle il est considéré comme le maître du réalisme.

- Mais par-delà ces caractéristiques, le grand projet de Flaubert est de réaliser une œuvre anti-romanesque qui ne tiendrait que grâce au style. Travaillant avec acharnement et se dévouant corps et âme à l'écriture tout au long de sa vie, il recherche inlassablement la perfection stylistique et la beauté du mot.

- C'est *Madame Bovary* (1857) qui le fait connaître. Accusé d'outrage aux bonnes mœurs et à la religion, Flaubert essuie de nombreuses critiques et doit s'expliquer devant la justice. Mais l'œuvre remporte un succès considérable auprès du public. Son écriture et sa réception seront déterminantes pour les livres suivants.

- Non seulement Flaubert est la source d'inspiration de nombreux auteurs ultérieurs tels que Maupassant ou Proust, mais il révolutionne surtout la littérature : à sa suite, les écrivains accordent autant d'attention à la forme qu'au fond.

POUR ALLER PLUS LOIN

SOURCES BIBLIOGRAPHIQUES

- Biasi (Pierre-Marc de), *Gustave Flaubert. L'homme-plume*, Paris, Gallimard, 2002.
- Escola (Marc), « Un texte comme l'autre : les Pastiches de Proust par M. Schneider », in *Fabula*, consulté le 22/02/2015. http://www.fabula.org/atelier.php?Un_texte_comme_l%27autre%3A_les_Pastiches_de_Proust_par_M._Schneider
- Darbeau (Bertrand), *L'Éducation sentimentale*, Paris, Bréal, 2000.
- Fauconnier (Bernard), *Flaubert*, Paris, Gallimard, 2012.
- Flaubert (Gustave), *Correspondance*, Paris, Gallimard, 1998.
- Flaubert (Gustave), *L'Éducation sentimentale*, Paris, Gallimard, 2005.
- Flaubert (Gustave), *Madame Bovary*, Paris, Gallimard, 2004.
- Flaubert (Gustave), *Madame Bovary*, Paris, Le Livre de poche, 1999.
- Flaubert (Gustave), *Salammbô*, Paris, Gallimard, 2005.
- « France : histoire (jusqu'en 1958) », in *Larousse*, consulté le 07/02/2015. http://www.larousse.fr/encyclopedie/divers/France_histoire_jusquen_1958/185545
- Gothot-Mersch (Claudine) et Sagnes (Guy), *Gustave Flaubert. Œuvres de jeunesse*, Paris, Gallimard, 2001.
- « Gustave Flaubert », in *Larousse*, consulté le 22/02/2015. http://www.larousse.fr/encyclopedie/personnage/Gustave_Flaubert/119630
- « Guy de Maupassant », in *Larousse*, consulté le 22/02/2015. http://www.larousse.fr/encyclopedie/personnage/Guy_de_Maupassant/132339

- Naturel (Mireille), « Proust et Flaubert : un secret d'écriture »,
  in *Faux titre*, Amsterdam, Rodopi, 2007.
- Rimann (Jean-Philippe), « Le néant, sa vie, son œuvre (Sartre et
  Flaubert) », in *Fabula*, consulté le 22/02/2015.
  http://www.fabula.org/lht/4/rimann.html

SOURCE COMPLÉMENTAIRE

- Site du centre Flaubert : http://flaubert.univ-rouen.fr/

SOURCES ICONOGRAPHIQUES

- Flaubert (Gustave), extrait du manuscrit de *Madame Bovary*,
  1857. La photo reproduite est réputée libre de droits.
- Giraud (Eugène), *Portrait de Gustave Flaubert*, vers 1856, huile
  sur toile, 56 x 46 cm, musée du château de Versailles. La photo
  reproduite est réputée libre de droits.
- Mucha (Alphonse), *Salammbô*, 1896, lithographie, collection
  privée. La photo reproduite est réputée libre de droits.

www.50minutes.com

Éditeur responsable : Lemaitre Publishing
Rue Lemaitre 6 | BE-5000 Namur
info@lemaitre-editions.com

ISBN ebook : 978-2-8062-6264-6
ISBN papier : 978-2-8062-6265-3
Dépôt légal : D/2015/12603/63
Photo de couverture : © Portrait de Gustave Flaubert (vers 1856), par Eugène Giraud.

Conception numérique : Primento, le partenaire numérique des éditeurs